KB120583

천년의 시 0093

초록 나비

천년의시 0093

초록 나비

1판 1쇄 펴낸날 2019년 1월 21일
지은이 김연화
펴낸이 이재무
책임편집 박은정
편집디자인 민성돈, 장덕진
펴낸곳 (주)천년의시작
등록번호 제301-2012-033호
등록일자 2006년 1월 10일
주소 (03132) 서울시 종로구 삼일대로32길 36 운현신화타워 502호
전화 02-723-8668
팩스 02-723-8630
홈페이지 www.poempoem.com
이메일 poemsijak@hanmail.net

김연화ⓒ, 2019, printed in Seoul, Korea

ISBN 978-89-6021-413-2
　　　978-89-6021-105-6 04810(세트)

값 9,000원

초
록
나
비

김 연 화   시 집

천년의
시작

시인의 말

원래 장미는 다섯 장 꽃잎을 가진 야생화였지요

우리가 흔히 알고 있는 화려한 장미들은 모두 개량종이지만요

야생 장미는 열매를 맺지만 개량종 장미는 열매를 맺지 못하지요

시의 뜨락에 단아한 홑꽃잎 다섯 장 야생장미나무를 심겠습니다

2019년 1월

김연화

차 례

시인의 말

제1부

눈雪 빗 —— 13

빈집 —— 14

새벽 숲길 —— 15

물국수 —— 16

피자를 구우며 —— 17

입석은 자꾸만 기차를 흔든다 —— 18

화장을 지운다 —— 19

얼굴 —— 20

초록 나비 —— 21

금오산 벚꽃 길 —— 22

설명하면 진부해지고 말 듯한 민둥제비꽃 —— 23

편지 —— 24

등 밀어주기 —— 25

내 마음의 고가古家 —— 26

제2부

기다린다는 것에 대하여 ——— 29

주먹밥 ——— 30

봉화역 ——— 31

아재의 연 ——— 32

해당화 ——— 34

고마리꽃 ——— 35

달빛 한 장 ——— 36

막내 고모할머니의 회상 1 ——— 37

막내 고모할머니의 회상 2 ——— 39

둘째 고모할머니의 회상 ——— 40

내성천에서 ——— 41

정구지 찌짐 ——— 42

꽃잎 뜬 우물 ——— 43

아까시나무가 되었습니다 ——— 44

봄까치꽃 ——— 45

제3부

비 내리는 저녁 강가에서 —— 49

그 하트 속에 적어 넣은 네 이름 두 자 —— 50

코스모스 —— 51

코스모스 2 —— 52

수선화 —— 53

울초가 피는 집 —— 54

물야면에서 —— 55

수련 —— 56

가을 편지 —— 57

가을 꽃잠 —— 58

닮은 —— 59

마음의 둘레 —— 60

아이스크림 —— 61

눈사람 —— 62

꽃이 피어 봄이 옵니다 —— 63

제4부

벗나무 ──── 67

큐피드의 화살나무에게 ──── 68

꿀꿀 돼지 꿀 ──── 69

냉이꽃 ──── 70

망각의 강 ──── 71

우리가 늙은 어느 날에는 ──── 72

항아리 속 화두 ──── 73

남루 ──── 74

그 꽃 ──── 76

가을 단풍 ──── 78

겨울 들녘 ──── 79

흑백사진 ──── 80

야생 장미 ──── 82

해 설

허형만 시간과 기억, 인간의 정신을 느끼는 서정 ──── 84

제1부

눈雪 빗

눈이 내린다
바람을 타고
끝없이 이어져
선이 되고
빗이 되어
빗긴다

내 마음을

빈집

　고샅길 초입 느티나무 숲이 있었다 작은 내를 끼고 가파른 언덕을 지나야 마중 나오는 늙은 집 나보다 두 살 위인 소몰이꾼이 무화과나무 잎에 몸을 숨긴 채 기타와 하모니카를 연주해 주던 뒤란 백작약 꽃을 뿌리째 뽑아 흙과 함께 비닐봉지에 싸서 열두 살 가슴에 안겨 주던 날이 역마살 짙은 바람으로 떠돈다 새들이 흔들어놓은 미루나무 숲길을 역류해 작약 뿌리에 매달린 '매기의 추억' 하모니카 소리가 내 무릎 치마에 휘감길 때까지 걷는 미루나무 숲 서른 한 해 지난 세월이 머리를 헤치고 흰 사슴을 몰고 나에게로 올 거라는 생각을 했다 새벽 4시면 교회 종탑에서 잠 덜 깬 종소리가 쏟아져 내리고 성경책을 끼고 사립문을 여시던 엄마는 나의 바다 빛깔 물방울무늬 그려진 원피스 마무리하지 못한 채 서둘러 별을 따라 떠나셨다 흔들리는 언덕 위 벽오동잎 무리 지어 무너져 내리는 어스름이 오면 이슬 맺힌 풀잎마다 수리부엉이가 울었다 그 긴 세월 흔들리는 고샅길 흰 그림자 너머 상현달이 뜬다 달의 이마 위 새겨진 그리움 하나 빈집이다 빈집 가득 달빛이 남긴 그늘 두텁게 쌓여 있다

새벽 숲길

안개가 내린
새벽 숲
밤새 숲에 내려앉았다가
돌아가지 못한 별들이
닭의장풀 푸른 꽃으로 피어있다

새들도 날아와 가문비나무
늑골 속에 잠든
별들을 쪼는데

나는 허리를 숙여
푸르게 눈을 뜨는 새벽 기운을
옷섶에 퍼 담는다

물국수

머리를 감는 날
물국수를 먹는다

국숫집에서
사람들은 깊고 넓은 대접에 호수 하나를 만든다
빗질 잘된 머리카락을 건져 먹는다
사이사이 지느러미가 달린 애호박 숙주나물도 먹는다
물비늘 떠도는 초여름

여름 달 하나 호수에 떠오른다

피자를 구우며

토핑*할 때 넣을 피망을 다지다가
왼손 엄지를 베었다
늘 그러했던 것처럼 잘못 접어든 길은 따끔거린다
피자에 섞일지도 모를
그 아픔마저 숙성시킨 피자
보름달이다
달 속엔 척박한 옥수수밭이 보이고
이랑마다 풀이 돋고 꽃도 핀다
숲길 잠시 앉았다 간 동물의 흔적도 젖어있다

황사가 지배한 삼월 마지막 주
배달 나서는 머리 벗어진 주인아저씨 오토바이 짐칸 너머
아파트 공터를 건너온 아이들 웃음소리가
달처럼 둥그렇다

---

* 토핑: 잘 숙성된 빵을 기계로 펴서 원형을 만든 뒤, 그 위에 순서대로
  갖은 야채나 고기 등을 뿌리는 것.

입석은 자꾸만 기차를 흔든다

미리 예매하지 못한 자리는 모두 입석이다
서울에서 구미까지
크고 작은 산들 틈으로 열린 철로는
강과 그 강물이 키운 들녘을 호령하며 간다
서서 보는 차창 밖 풍경
더 먼 곳까지 바라볼 수 있는 친구를 얻었다
풀리는 다리 힘 너머로 완강히 버티고 선
철교를 지날 때면 세상마저 흔들렸다
내 시선이 가닿은 옆자리 주인 일어서면서
　"여기 좀 앉으세요"
하고 내 환절기 옷자락을 끌어당길 것 같은데
내가 감은 눈을 뜨면 그가 뜬 눈을 감는다
세 시간을 침묵처럼 버텨온 다리로
남은 하루를 지탱해야 하는가
영법泳法을 익히지 못했는데도 강을 건너는 오후가 부끄럽다
빈틈없이 앉은 사람들
가까울수록 먼 풍경을 그리는 것일까
또 하나 낯선 강을 건너는가 보다 철거덕철거덕
물결 소리로 강을 건너는 피로가 짐짝처럼 졸립다
먼 산의 무게로 매달린 입석이 자꾸만 열차를 흔든다

화장을 지운다

외출에서 돌아온 오후
화장을 지운다

가볍다

창 너머
혼자 선 미루나무 몸살을 앓았을까

비가 내린다

마알갛게 씻긴 하늘
미루나무 가지들이 비질을 했을까

우듬지까지 젖어있다

얼굴

사람의 얼굴을 가만히 바라보고 있으면
어느 한순간 신비스러워져요
눈이 큰 당신의 얼굴을 바라보고 있으면
바닷가에 서있는 듯하여
그 바다로 걸어 들어가고 싶습니다
사랑하는 사람의 눈은 바다이기에
흰 이마는 하늘이 되고
붉은 두 볼은 들녘이 되고
가지런한 긴 속눈썹은 수평선이 되고
느낌은 출렁이는 파도가 되어 밀려옵니다
당신의 눈가에 잔주름이 졌다 하여도
미간에 엷은 그늘이 보여도
수초와 암초의 물길을 지나
어느새 나는 당신의 바다를 유영합니다

초록 나비

꽃들 잔칫상 물린 자리
오월 끝자락 잎들의 세상은
사람만 두고 모두 초록이다
잎사귀의 꿈이 나비가 되었을까
초록 날개 저어 봄을 건너온 유월
금오산 기슭에서 본다
표본실에서도 본 적 없는 초록 나비
눈부시지 않아서 더욱 아름다운
봄꽃 떠난 세상을 온통
휘젓는 초록의 날갯짓이
평온하다

금오산 벚꽃 길

끝이 없는 벚꽃 길 숨이 막혀 왔다
온몸에서 비린내가 났다
물고기 비늘 틈새로 배어나는 사월,
하얀 정오를 삼켰다
스치기만 해도 오른쪽 소매에선
흰 피가 뚝뚝 떨어져 내렸다
비탈진 하늘을 휘어 도는 금오산 입구,
발랄한 호수가 내게로 밀려올 때
상현달이 호수 면에 수많은 깃털을 달고
우화羽化의 날갯짓을 하고 있었다
하늘과 땅, 아득한 거리
온통 은비늘로 사닥다리를 놓아
날렵한 물고기 한 마리
가장자리로 힘차게 솟구치고 있었다
바람마저 잠시 멎는 순간이었다

설명하면 진부해지고 말 듯한 민둥제비꽃

일 포스티노의
네루다 시인은
우편배달부 마리오에게
시란 설명하면 진부해지고 만다고 했던가요

설명하면 진부해지고 말 듯한 민둥제비꽃

밤이면 선녀들이 내려와 목욕을 하고 간다는
금오산 명금폭포를 지나 할딱고개를 넘어
하늘 길 향하는 등산로 옆
돌 흙더미 절벽 위에 소롯이 피어
해맑게 웃고 있는 민둥제비꽃

편지

해당화가 핍니다
다섯 장의 낮은 음표로
뜨거운 입김이 열리네요
우리 동네 꽃집 여주인은 어릴 적
해당화 붉은 열매 목걸이를 추억하고
그 집 남편은
구미 지나 해평 가는 고향길 울타리
온통 그 꽃나무인 옛집이 그립다고
수줍은 생각에 잠깁니다
이제 해당화 지고 열매 맺히면
그 입맞춤으로 술을 담글까요
그 술 붉게 익어
그대 꽃 진 자리까지
번져갈까요
어느 환한 여름날 오후
그대 그리는 마음 바닥까지 번져
이 편지 한 장
닿을 수 있을까요

등 밀어주기

옥계 목욕탕 수증기에 갇혀 물고기 같은 여자들 서너 명
씩 떼 지어 앉아
물비늘 털며 등 밀어주기 한다
"내 등은 스무 평 네 등은 사십칠 평 밀대로 밀어라"
등 밀어주기 한다
구석진 자리에 흰젖제비꽃 같은 여자 이태리타월 등 뒤로
돌려 민다
"등 미셨나요"
"제가 조금 바빠서요"

거리의 입술이 마르다
여자의 채 마르지 않은 머리카락에 물방울이 여린 햇살에
반짝이는데
낯익은 듯 낯선 얼굴들 스친다
목욕탕 뒤편으로 하얗게 드러누운 강을 본다
찐빵같이 부푼 삶 척척 때려가며, 등 밀어주기 하고 싶다

내 마음의 고가古家

고가古家 벽에서 네가 웃는다

유성과 수성을 혼합해 그린 벽화
달빛과 시냇물 푸른 감람나무
시인의 외투는 유성페인트로 그리고
엉겅퀴 짐승의 울음소리는
수성페인트로 흔들렸다

홀로 남은 어둠은 밤새워
벽화를 타고 내렸나 보다
기억할 수 없는 시간의 무게
산안개 헹구는 아침으로 오면
나를 찾고 있었을까
벽면 기대어 선 네가 나를 보고 웃는다

제2부

기다린다는 것에 대하여

모심기하여 벼 팰 때까지 기간이 백 일이 걸린다고 목백일
홍은 모심기할 때부터 피어 벼가 팰 때까지 핀다고 대구의 어
느 시인이 일러주었습니다

보름이야 일 년에 열두 번 오는 것이지만 유독 팔월 보름
이 만월인 것은 여름 내내 꽃 피던 목백일홍 향기 짙어진 꽃
그늘에서 알 것 같습니다

사람의 기다림도 백 일을 기도드리고 백 년을 기다려야 함을
팔월 보름의 목백일홍 꽃그늘 둥그러이 밝아옵니다

주먹밥

어릴 적 엄마는 밥을 참기름에 비벼 주먹밥을
만들어 내 손에 곧잘 쥐여 주시곤 하셨지
나는 주먹밥을 빵처럼 베어 먹었지

봉화역

내가 태어난 마을은 역이 있는 읍내 마을이었다
역 대합실에는 작은 매점이 있었는데 그 매점은
기차가 들어올 때만 문이 열리고 전등이 켜지고
기차에서 내린 사람들은 그 매점에서 저마다
종합선물세트라든지 과일이라든지 술을 사서
신작로로 나와 윗길로 아랫길로 흩어지곤 했다
기차가 지나가고 나면 다시 불이 꺼지고 문이 잠기곤 했다
우리 집 마루에서 놀다가도
기차 소리가 나면 달려가던

아재의 연

어릴 때 나는 울보였다
아재는 내가 울면 나중에 숫양에게 시집 보내겠다고 놀려
대곤 했다
아재네 집은 양을 많이 길렀는데 숫양은 유독 늙고 지저분한
내가 싫어하는 양이었다
어린 나이에도 나는 아재의 말이 거짓말인지 알았지만
그 소리가 듣기 싫어 울음을 그치곤 했다

흰 백합꽃과 작약 그리고 감나무가 많았던 아재네 집

사월이면 아재는 하얀 백합꽃을 한 아름 꺾어 내게 안겨 주
었다
나도 나중에 어른이 되면 우리 집 울타리에
흰 백합꽃을 심어야겠다고 생각했다

아재네 집 목동은 따뜻한 양유를 새벽마다 배달했다
감꽃을 주워 목걸이를 만들어 목에 걸고 놀다가 잠이 들었다
새벽녘 나는 엄마의 손목을 잡고 예배당에 갔다
엄마는 자식들의 이름을 하나하나 부르며 기도하시고
나는 목에 걸린 감꽃을 따 먹었다

굽어 도는 내성천 푸른 초원에서 양들은 온종일 풀을 뜯고
목동은 나에게 하모니카를 가르쳐주었다
저녁이면 고모할머니 댁에서는 양 숯불고기
냄새가 피어나곤 했다

아재네 집 벽장 속에 쌓인 감이 홍시로 익어갈 때쯤
못생긴 숫양이 가장 늦게 우리로 들어가고
까마득한 겨울 하늘에 끝없이 날고 있던 수많은 연들 중에서
아재의 연을 찾아내곤 했다

해당화

엄마는 무슨 꽃이 좋으냐고
다섯 살 딸이 물었을 때
엄마는 해당화가 좋다 하셨지
해당화가 어디에 피느냐고 물었을 때
해당화는 바닷가에 핀다 하셨지
그때부터 내 속에선
바다를 향해 달리는
자전거 바퀴 소리가 들리고
파도치던 바다로부터
봉함엽서를 받았지
파도는 바다의 심장이라고

고창 선운사에서 보내온 해당화
꽃차를 우리는데
찻잔 속에 고우신 엄마의 스물일곱
다시 건너갈 수 없는
연분홍빛 꽃물 푼 바다

고마리꽃

젖니 빠진 젖은 단발머리
들일 가시는 아부지 따라가면
논으로 물 들어가는 도랑가에는
보석 가루를 뿌려놓은 듯
풀꽃들이 돋아 번지고 있었지
젖니 빠진 볼우물 깊던 아이
맨종아리 도랑물에 온종일 담그고
풀꽃들과 해 지도록 함께 놀았지

김매시다 허리 펴 딸 살피던
아부지 고 풀꽃 이름이
고마리꽃이라고 말해 주셨지
물을 정화시키는 작용을 해
고맙다고
고마우리 고마우리 하다가
고마리꽃 되었다고

달빛 한 장

때론 살다가
풀뿌리 바람에
흔들리는 소리로
울고 싶을 때
내게로 오실래요

달빛 한 장 드릴게요

때론 살다가
방축을 넘는 강물로
출렁이고 싶을 때
그리로 갈게요

달빛 한 장 주실래요

목단도 자목련도
수놓이지 않은
버들잎 사이로 비친 달빛 한 장

막내 고모할머니의 회상 1

오빠가 인쇄소 일을 마치고 퇴근할 시간이면 언니와 나는 마루에서 발돋움을 하고 오빠를 기다렸어 아침에 출근할 때 도시락을 싸 갔던 오빠는 퇴근할 때 우리들한테 줄 과자를 빈 도시락에 넣어 오셨지 오빠는 소학교 3학년이었던 언니를 자전거 안장에 태워 학교까지 데려다주고 인쇄소에 출근하였는데 온 동네에서 우리 오빠 효자라고 칭찬이 자자했지 오빠가 언니 공부 잘한다고 얼마나 예뻐했는지 모르지 조카 나고 삼칠에 먹을 미역 사 온다고 그리 좋아하시더니 오빠가 돌아가시자 우리 집 대들보가 내려앉고 동네 삽짝이 다 내려앉았다

학교에서 차희가 안 왔다고 연락이 와 식구들이 온 천지 언니를 찾아 나섰는데 글쎄 언니가 학교에는 안 가고 오빠 산소에 가서 울고 있었단다 아무리 학교 가라고 타일러도 말을 듣나 오빠 산소에 가서 우는 것을 그래서 우리 언니 학력이 소학교 3년이잖나 우리 언니 그때 참 똑똑했다 나는 그때 일곱 살이었고

오빠 돌아가시고 이태 만에 형님이
조카를 업고 친정으로 가셨는데
우리가 조카 보고 싶어 살 수가 있어야제

그래서 너 증조할배가 데리러 가니

조카가 너 증조할배한테 안기더란다

어린것이 형님이 옷을 갈아입히는데

너 증조할배한테 와서

"할배 엄마가 자주 울어 엄마가 자주 울어"

그러더란다

광섭이 뒷집 은구랑 싸우면 우리가 가서 은구 때려주고 그랬다

엄마 아부지 없이 크는 조카 불쌍타고 우리가

조카를 조선에 없이 키웠다

막내 고모할머니의 회상 2

오빠가 조카 나고
얼마나 좋아하시던지
인쇄소 출근하시다
다시 들어와
조카 손잡고
쓰다듬으며
"울지 마, 배고프면 울고"
"울지 마, 젖 먹고 싶으면 울고"

아직도 그 모습 눈에 선하다
조카 백일에 먹을 떡 한다고
그랬는데

그때 온 동네 윤감이 돌아
우리 식구도 그 병을 앓았는데
마지막에 오빠가 앓아
의사가 왔는데
가망 없다고

그렇게 가버릴 줄
누가 알았겠노

둘째 고모할머니의 회상

내가 그때 양복점에서 일할 때
조카 양복을 다 맞추어서 입혔다
내가 그때 양복점에서 조카 양복을
맞추어서 입히면
어찌 그리 품도 길이도
딱 맞던지
저도 좋고 나도 좋고
광섭이 자랑한다고 뒷집 은구네 집에
쫓아가면 은구가 그만 심술이 나서
씩씩거리고, 그랬잖냐
열일곱에 일곱 살 된 조카를 두고
시집을 가는데
'저 어린것을 떼어놓고 시집을 가야 하나'
어찌나 눈물이 나던지

내성천에서

　할머니 내성천에서 자갈 모으실 때 네 살 손녀딸은 햇살 잡으며 놀았습니다 면사무소 오종午鐘 울면 십 원짜리 호빵을 먹을 수 있어 수양버들 옹이 위 울새로 앉아 노래 부르던 손녀딸 굽어 흐르는 강물 은어 비늘로 파닥이며 놀았습니다 할머니 삼 삼고 계시던 내성천 들풀 젖어도 강물은 줄기차게 흘러내렸습니다 집으로 돌아오는 길, 비는 폭포수처럼 따라오며 늑골에 감겨 지느러미를 만들고 커다란 고무 대야에서 튜브를 타던 손녀딸 조약돌 지천이던 내성천 물길 끊어 시멘트 방죽 들어서고 연례행사로 양어장에서 키워 방류한 은어축제 생겨 은어 떼보다 많은 사람들 틈에서 내 아이들 어깨뼈 시리도록 은어를 쫓아다닙니다 흙탕물로 흐르는 세상이 내성천 깊이 자맥질을 하자 하늘도 온통 흙빛으로 저물어갑니다

정구지 찌짐

정구지 찌짐을 부치기 위해 정구지를 씻는데 소쿠리에 가득한 정구지가 온통 푸른 풀밭이다 정구지 썰고 속살이 뽀얀 감자 갈아 넣고 양파도 하나 썰어 넣으니 칼질된 양파는 하얀 가락지 클 적 우리 집 텃밭에 온통 널려 있던 정구지 동생은 너무 먹어 이제 정구지는 먹기 싫다는데 나는 아직도 정구지가 좋으니 정구지 찌짐 부쳐 볼이 터지도록 밀어 넣으면 천지는 푸른 풀밭 나는 그 푸른 풀밭의 귀가 빨간 하얀 토끼 그런데 이 풀밭에

누가 흰 가락지를 두고 갔나

꽃잎 뜬 우물

눈 감으면
가슴팍에 깊은 우물이 있고
꽃잎이 떠다닙니다
다시 눈 감으면
꽃잎은 저만큼 우련하고
바람이 불고 비가 내립니다
내리는 비에 꽃잎이 젖고
나는 허기져서 꽃잎 뜬
우물물을
떠서 마시고
해가 어둑어둑 지고
비가 내리고
세상의 강이 되고
배가 뜹니다

아까시나무가 되었습니다

좋아하고 미워하는 사람에게
밉다는 말만 하고 돌아서는데
마저 못한 사랑한단 말
가시 되어 목에 걸렸습니다
날은 춥고 배가 고파
찬밥을 꾸역꾸역 삼키는데
몸에 가시가 돋았습니다
봄이 되고 몸에서 꽃이 피니
아까시나무가 되었습니다

봄까치꽃

그립다는 말
수묵화로 다 그려낼 수 없고

두루마리 편지에도
다 적을 수 없어

붉은 달의 울음소리
맨몸으로 은하 강 건너가다

그 강가 물방울이
지구 별에 튀어서

봄까치꽃
돋았습니다

제3부

비 내리는 저녁 강가에서

비 내리는 저녁 강가에 달맞이꽃 이파리마다 빗물 흐릅니다

불어난 강물 속으로 부러진 나뭇가지들이 떠내려옵니다

백로 한 마리 날개를 접고 그걸 타고 내려옵니다

아득한 상류로부터 초록 나뭇잎과 잔가지들이 달린 나뭇가지를 타고

내려오던 백로는 날개를 펴고 다시 상류 쪽으로 날아올랐습니다

백로는 마침 뱃놀이를 즐기고 있었던 겁니다

새도 풍류를 안다고 새가 내게 말했습니다

폭우가 쏟아져 강에 파도가 치니 새들도 파도를 타고

내 일곱 번째 늑골에도 바다가 밀려와 파도가 쳤습니다

나도 세속의 옷을 벗고 새가 되어 그 강가에서 오랫동안 노저었습니다

파도가 높을 때마다 배는 기우뚱, 달빛에 젖고

강 언덕의 달맞이 꽃잎에 내 몸도 흠뻑 젖었습니다

그 하트 속에 적어 넣은 네 이름 두 자

비 온 후 불어난 강물이 모래톱을 범람해
샛강을 만들다가 어느 지점에서 다시 합류해서
만나면 그 둥근 물길에 갇힌 뭍은 섬이 되어버리지요

강을 맨몸으로 건너
오랫동안 그 섬이었던 곳에 가보았지요
새들의 깃털이 떨어져 있고 새들의 똥이 널브러져 있었고
순간 자신이 새들의 터전을 침입해서 새들의 밀실을
훔쳐보고 있는 듯한 낭패감에
급하게 그 섬을 빠져나오다 깊어진 강물에 갇혀
어지럼증을 견디어야 했던 날은
꿈속에서도 강물 속에서 허우적거리게 되었지요

강에 갑니다
따뜻한 햇살이 데워 놓은
강가의 은모래 길을 맨발로 걷다가
자연산 재첩 껍데기를 주워 하트를 만듭니다
그 하트 속에 적어 넣은 네 이름 두 자

코스모스

코스모스 꽃잎의 맨발을 만져보셨나요
코스모스 꽃잎의 흰 손을 잡아보셨나요
코스모스 꽃잎 날개 빗물에 젖었습니다
내 물 잔 속에 조각배 밀려옵니다

코스모스 2

코스모스 꽃잎 속으로
들어가 듣는다
시냇물 흐르는 소리
하얀 바람 속에
흰 새 한 마리
날아와
"가을이야, 가을이야"
코스모스는 가장
여린 날개를
가진 새
푸드득푸드득
날개 터는 소리
흰 새의 날개
퍼덕이는 소리

수선화

수선화를 보는 순간
눈물이 흐를 것 같다

딸내미가
"엄마"

두 팔로 껴안아 줄 때처럼

영혼의 바닥까지 훤히
비추는 수선화

울초*가 피는 집

울초가 피는 집에
엄마랑 아기가 살았네
엄마 품에 안겨 아기가 젖을 먹는데
아기한테서도 젖 냄새가 났네
아기는 새순 같은 손가락 하나
엄마의 입에도 넣어주었네
엄마도 배가 고플까 봐
엄마도 먹고 싶을까 봐

* 울초: 튤립의 순우리말.

물야면에서

인분 냄새 펄펄 나는
변소 담
시멘트 움푹 파인 사이로
쇠박새 둥지 틀고 새끼 쳤다
휴일 오후 할머니 집 찾은 어린 남매들
코 막히는 인분 냄새 맡으며
둥지 앞에서 연신 종알거린다
파닥이는 날갯죽지
양수에 갇혀
핏물 두른 주둥이들
하늘을 쪼고 있다

해는 뉘엿뉘엿 서산에 어깨 걸치고
어미 새는 먹이 물고 저녁을 넘어온다

수련

어느 양갓집
아씨였을까요

해가 뜰 때
대문을 열고

해가 저물 때보다
일찍 대문을 닫는

수련의 꽃대문은
솟을대문입니다

가을 편지

"꽃이 예뻐요 무슨 꽃인가요?"
"꽃이 아니라 잎이에요"
"꽃인 줄 알았어요
잎이 이렇게도 아름답다는 것을
알게 해주셔서 고마워요"

가을 계수나무 아래 서면
가슴이 턱 내려앉는다
연인들의 뛰는 심장을
수천 장 수만 장 잎으로
피운 계수나무

그 하트 여름 내내 은빛
햇살에 반짝이다가
지느러미가 돋고 물고기 떼로
하늘 강 헤엄쳐
파스텔 톤 가을을 그려내고 있다

가을 꽃잠

코스모스 꽃잎의 손을 잡고 자면
잡은 손 가슴에 얹고 자면
시냇물에 꽃잎이 떠가요
어미 아기와 같은 물고기였다가
가을날 햇살 받고 꽃이 되었어요

열일곱 살인걸요
인어같이 다리가 길어요

방은 냇물로 출렁이고
꽃잎 한 장으로 잠이 들었어요

닮은

구절초와 코스모스는 닮았어
긴 목이 닮았어
해맑게 웃을 때 보이는 하얀
덧니도 닮았어

알고 보니 구절초와 코스모스
한 집안 한 족속

마음의 둘레

어느 분이 돌담에 청알록제비꽃을 심으셨습니까
기다림은 저만큼에서 호수가 되었습니다
그대를 만나지 않아도 좋습니다
그대를 생각만 해도 이토록 가슴이 충만한 것은
이 호숫가에 일곱 가지 과일나무들이
심어져 있기 때문입니다
그대를 만나지 않아도 좋습니다
그대를 생각만 해도 이토록 가슴이 설레는 것은
그 어느 분이 지상에 이토록 아름다운
그대와 나를 만드셨습니까
때론 비 내려 웅덩이에 둥근 부지개 뜨고
는개 자욱한 마실 끝 둥근 초가집
당신의 우렁 각시이고픈 나의 사랑을 봅니다

아이스크림

스물 몇 살에 머무르던 시집살이
봉화군 물야면 산운동
대숲으로 울타리를 엮어 바람 소리
푸른 혈관마다 서걱이고
산물이 울타리를 돌아 흘러내리던 곳
시어머니 남사람 사 들일 가시면
텅 빈 방 안에 고음으로 들리는
뻐꾹새 소리 가득 차고
앞산 능선에 파도치던 아까시 꽃 그림자
마당까지 오면
둥둥 햇살로 떠오르던 산운동 370번지

새댁은 아이스크림이 먹고 싶어
점심 준비하던 마음 바람에 헹구고
백일 지난 딸아이 들쳐 업은 채 2km 장터까지
줄달음쳐 가 시모나를 사 먹고
들고양이 되어 집으로 돌아왔다
두 시가 넘었는데 점심이 왜 늦었느냐고
따가운 햇살 퍼부어 대는
들녘에서 새댁 가슴에
아이스크림이 녹아 흐르고 있었다

눈사람

눈이 내리는 날은
케이크를 만들고 싶다
생크림 대신 눈을 발라
뽀얀 입김으로 입체감을 주고
내장까지 서걱이는
아이스 케이크를 느끼고 싶다

내가 조각가가 되어
커다란 케이크를 빚는다면
타악기와 죽순과 구멍 난 외투 하나
새겨 넣을 거야
하얀 촛농이 흘러내릴 때
겨울바람에 촛불이 흔들릴 때
그대 그리울 때마다
아이스 케이크를 만들어 먹었노라고

그래서 난
눈사람이 되었노라고

꽃이 피어 봄이 옵니다

봄이 와서 꽃이 피는 줄 알았더니
꽃이 피어 봄이 옵니다

세상은 아직 추운데
봄꽃들이 꽃망울을
터트려
언 땅을 녹이고
찬 공기를 덥혀 봄을
피웁니다

입춘 지나 내린 눈을
물오른 나뭇가지에 맺힌
꽃눈이 맨몸으로
녹이고 있습니다

제4부

벚나무

"매년 벚꽃 보니 어떠세요?"
"좋죠 뭐, 꽃 볼 때가 가장 좋잖아요"

그런데 그거 아시는가요?
느티나무는 천 년을 살지만
벚나무는 수명이 육십 년밖에 안 된다는 거

해마다 벚나무는 자신의 진액을 다 뽑아
난만한 꽃을 피우느라
온몸이 텅 비어
두드리면 둥둥 북소리가 난다는 거

그 북소리 나는 벚나무 품에 깃들어
딱따구리가 집을 짓고 새끼를 치고
그 집을 동구비가 고쳐 살기도 한다는 거

큐피드의 화살나무에게

문장에도 역설이 있고
반어법이 있다지만
단풍은 말린 붉은 장미 꽃잎이며
열매는 루비이며 자수정인
화살나무여
너는 자신을 지키기 위해
화살대에 사용하는 작은 깃털을 닮은
코르크 날개를 지니고 있다지만
화살나무라는 이름은 어울리지 않는다

옳거니 알겠다 화살나무 앞에
큐피드라는 수식어 하나
붙이면 되는 것을
네가 화살이라면 큐피드의 화살이겠지

이미 큐피드의 화살은 과녁을 향해
날아와 버린 것을

내 심장 그 화살에 맞아버린 것을

꿀꿀 돼지 꿀

친정 아재가
강원도 홍천 연목어 마을에서
뜬 피나무 꿀 두 병을 보냈다
잘 밀폐된 뚜껑을 열어보니
청청한 골짜기 양지쪽 피나무 꽃 따습고
싸한 향이 온몸의 세포마다 스며든다

혼잣말로 노래를 불렀다
"세상엔 꿀도 많아
벚꽃 꿀 아카시 꿀 유채 꿀 싸리 꿀 피나무 꿀 잡화 꿀"

옆에 있던 아들이
배턴을 받아 쥔다

"꿀꿀
돼지 꿀
나는 돼지 꿀이 제일 좋아"

냉이꽃

섣달에 장에 나가니 냉이가 났다
엄동설한에도 뿌리를 내리고
그 자그마한 초록 잎을 피웠다
한 소쿠리에 이천 원 하는 냉이를 사서
무채 썰어 넣고 냉잇국을 끓이니
온 집 안에 냉이 향이 가득하다
봄이 오면 큰 나무 발치에 가는 꽃대를
밀어 올리고
하얀 꽃물결을 이루는 냉이꽃
누가 냉이를 큰 나무 아래
소소한 배경이라고만 하겠는가
언 땅이 채 녹지 않았을 때도
꽃을 피워서 봄을 데려오던
냉이꽃
깨어나지 못한 영혼을 깨우는
나팔 소리와도 같았던 것을

민중이 이 땅의 주인이라는 사실을

망각의 강

생각나지 않으면
용서할 일도 없겠지

돌아보고 싶지도
기억하고 싶지도 않은

그래서 난
레테의 강물 한 모금을
마시고 싶었던 거야

어느 한 부분으로는
망각을 해야 할
이유가 있었다니까

알고 있는지
우리 몸의 세포도
칠 년 주기로 완전히 소멸되고
다시 생성된다는 거

우리가 늙은 어느 날에는

당신과 내가 아득 먼 곳에 살아
첫눈이 함박눈으로 쏟아진다고
편지를 드려도
당신께선 아무 말씀 없으셨습니다
봄 되어 이곳에 피는 생강나무 꽃이
당신 계신 곳에도 피고
여름 되어 당신과 함께 오르던
비봉산 언덕배기
호박잎이 이곳에도 무성했는데
지금 창밖엔 검불 같은 눈이 흩날리고
내 가슴에는 당신만 수북 쌓여 갑니다
우리가 늙은 어느 날에는
당신 가슴에 나도 눈발로 흩날릴까요

항아리 속 화두

남편에게 매일 밤 북어처럼 맞는 여자
술 취한 죄로 매를 맞는 여자
하지만 술 없인 못 사는 여자
사람들은 그 여자를 미친 사람이라 불렀다
자식 셋 두고 재가한 그 여잔
자식 못 잊어 미쳤다고 입방아 찧었다

까치 한 마리 전봇대에 와서 울고
햇살 한 폭 장독대에 펼쳐지면
장독도 씻어내고
골목도 쓸던 여자
이 빠진 사발에 김치 쪼가리 안주 삼아
구성진 노랫가락
"사ーー공ー의ーー뱃노ーーー래
가물거ー리ーー면……"
담장을 넘나들면
동네 건달들 안마루에 모여들고,
전직이 마담이었다는 안집 할머니
"봐라, 방에 들어가서 자라"
마당에 엎드려져 잠든 여자 품에
기운 낮달이 서럽던 낮은 슬라브 집

남루

보라 엄마 정수리엔 쑥대밭 꽂고
군청색 몸빼에 꽃분홍 스웨터
새벽 공기 속 낮달로 떠서
밤 열두 시까지 식당에서 허드렛일을 하고
일당 이만 원을 받았다고 히죽히죽 웃었다
남편 오래전 골짜기에 묻히고
고사리 떡잎 세 아이 버려둔 채
남자 만나 살림 차린 지 어언 팔 년
아이 나이 여덟 살이 되도록 혼인신고 못 했으니
출생신고도 못한 딸아이
아이 아빠 역시 공사판의 막노동꾼이다
흔해빠진 가로등 하나 보이지 않는 골목길
한참을 걸으면 닿을 수 있는 셋방
으슥한 골목 끝에는 계집아이가
쪼그리고 앉아 아빠를 기다린다
정지 지나 방 전등을 켜는 아비
거적때기 같은 장판 위에
도롯가 노점상에서 사 온 치킨 봉지를 푼다
저녁 대신 막걸리 사발을 들이키고 잠이 든
아비의 코 고는 소리를 들으며

시멘트 담을 업고 자정까지 어미를 기다리는
아이는
오랜만에 배가 부른가
입가에 자랑스럽게 치킨 양념이 묻은 채로
달빛 함께 졸고 있었다

그 꽃

개망초꽃 피었다
홍예공원 산자락에
선택받은 꽃들 가득한데
홍예공원 담장 밖
묵정밭에 피었다

개망초꽃 피었다
홍예공원 물가에
귀족꽃들 이름표 달고
옹기종기 피었는데
그 이름도 개망초
이름표 하나 달아주는 이 없이
홍예공원 담장 밖
공터마다 가득하다

개망초꽃 피었다
작은 꽃송이마다
둥근 달을 품고 천지사방 피어
흰 물결로 밀려온다

그 향기 너무 좋아 눈 감고
머무른다

가을 단풍

모두가 꽃이 되려 하는 세상에
세상의 중심 자리 꽃에게 다 내어주고
잎은 늦게 꽃 핀다
더 붉고 뜨거운 숨결로

겨울 들녘

배춧값 폭락으로
걷어 들이지 못한 밭에
까치들 걸어 다니며
언 배추 쪼아 먹고 있었다

그날 나도 저녁찬
생배추 된장 찍어 먹었다

까치와 한 상에서 밥 먹었다

흑백사진

태안에서 시외버스를 타고 신진도까지 갔다 차장이 있는
버스는 육십 년대를 떠올리게 한다

버스는 가끔씩 바다가 보였다가 사라지고 보였다가 사라
지는 국도를 구불구불 곡예를 하다가 겨우 신진도에 닿았다
낚시를 하러 서울에서 내려온 가족들의 모습도 보였다

신진도에서 가이도까지 가는 여객선이 막배였던 관계로
섬에 내려보지도 못하고 바다 구경만 하다가 돌아왔다 망망
대해에 떠서 물보라를 일으키던 한 마리의 짐승 위에서

선착장 가까운 곳에 건어물을 파는 점포가 늘어서 있다 맛
보기로 내놓은 건어물들이 입맛을 당기게 했다 몇 가지 건어
물을 사고 거스름돈을 주고받다가 눈이 마주친 어물전 아주
머니는

오늘따라 "섬과 바다가 참 고요하지요" 고개를 들고 바라
보니 신진도는 흑백사진으로 걸려 있었다

어물전 아주머니의 화장기 없는 모습에는 세월이 담겨 있

었다 눈이 내리는 날 눈이 내려서 세상이 흰 고요 속으로
잠기는 날이면 그냥 꺼내보고 싶은 풍경이 되어

야생 장미

겨울이 시작되어 끝나는 날까지
눈이 내리듯
나는 네가 보고 싶다

겨울이 시작되어 끝나는 날까지
가문비나무 가지에 눈꽃이 피듯
네가 보고 싶다

얼마나 다행이냐
삼백예순닷새
네가 보고 싶은 게 아니어서

편지함에서 너를 찾을 때도 있고
하염없이 전화를 기다릴 때도 있다

겨울의 새 한 마리 되어
눈 덮인 설원을 날아가듯
네가 보고 싶은 날

자전거를 타고 강변을 달리다가

너도 내 생각하며 잘 지낸다는
기별 한 잎을 받았다

새잎 돋기 시작하는
야생장미나무 한 그루.

시간과 기억, 인간의 정신을 느끼는 서정

허형만(시인)

시간과 기억들은
지름길로 오지 않고
빛과 바람 타고 온다
우리는 조용한 바다 위로
미소 지으며 걸어간다.
—후안 라몬 히메네스, 『히메네스 시선』

　김연화 시인의 첫 시집은 신선하게 읽힌다. 한 편 한 편의 시마다 진솔한 삶, 맑고 순수한 눈빛이 가슴에 어린다. '문여기인文如其人'이라 했으니, 시인 또한 시처럼 맑고 순수하리라. "시는 창조하는 혼 안에 절대적인 순수와 빛을 가지지 않으면 안 된다"라고 말한 말라르메를 떠올리게 하는 김연화 시인의 시들은 낯이 익은 듯하면서 낯선 언표들로써 과거의 시간과 기억을 오늘에 되살려 내고 있다. 그것은 히메네스가 말하듯 "빛과 바람"을 타고 또는 막스 피카르트가 "침묵 속에는 미가 존재하며, 그 미는 침묵하면서 모든 것에 스며들어 가는 시로부터 생긴다"고 했을 때의 그 '침묵'으로부터 말이다. 먼저 다음 시를 보자.

고샅길 초입 느티나무 숲이 있었다 작은 내를 끼고 가파른 언덕을 지나야 마중 나오는 늙은 집 나보다 두 살 위인 소몰이꾼이 무화과나무 잎에 몸을 숨긴 채 기타와 하모니카를 연주해 주던 뒤란 백작약 꽃을 뿌리째 뽑아 흙과 함께 비닐봉지에 싸서 열두 살 가슴에 안겨 주던 날이 역마살 짙은 바람으로 떠돈다 새들이 흔들어놓은 미루나무 숲길을 역류해 작약 뿌리에 매달린 '매기의 추억' 하모니카 소리가 내 무릎 치마에 휘감길 때까지 걷는 미루나무 숲 서른 해나 지난 세월이 머리를 헤치고 흰 사슴을 몰고 나에게로 올 거라는 생각을 했다 새벽 4시면 교회 종탑에서 잠 덜 깬 종소리가 쏟아져 내리고 성경책을 끼고 사립문을 여시던 엄마는 나의 바다 빛깔 물방울무늬 그려진 원피스 마무리하지 못한 채 서둘러 별을 따라 떠나셨다 흔들리는 언덕 위 벽오동잎 무리 지어 무너져 내리는 어스름이 오면 이슬 맺힌 풀잎마다 수리부엉이가 울었다 그 긴 세월 흔들리는 고샅길 흰 그림자 너머 상현달이 뜬다 달의 이마 위 새겨진 그리움 하나 빈집이다 빈집 가득 달빛이 남긴 그늘 두텁게 쌓여 있다

—「빈집」전문

지금은 빈집. 그러나 그 빈집도 한때는 "두 살 위인 소몰이꾼이 무화과나무 잎에 몸을 숨긴 채 기타와 하모니카를 연주해 주던 뒤란 백작약 꽃을 뿌리째 뽑아 흙과 함께 비닐봉지에 싸서 열두 살 가슴에 안겨 주던" "열두 살"의 천진난만한 풍경이 숨 쉬던 집이었고, "성경책을 끼고 사립문을 여시던 엄

마"가 계시던 집이었다. 지금은 빈집. "서둘러 별을 따라 떠나"신 뒤, "고샅길 흰 그림자 너머 상현달이" 뜨면 "달의 이마 위 새겨진 그리움 하나 빈집" "달빛이 남긴 그늘 두텁게 쌓여 있"는 빈집. 시인은 그 빈집에 대해 "긴 세월 흔들리는" 시간을 오늘에 호명하며, 달빛에 의해 두텁게 쌓인 시간을 켜켜이 들추어내고 있다.

사실 달빛을 볼 수 있는 행운은 "수리부엉이"처럼 깨어있는 자의 몫이다. 사상가인 헨리 데이비드 소로는 "달빛은 깨어 있으면 볼 수 있을 텐데 자느라고 보지 못한 아주 가치 있는 것을 의미한다. 생각에 잠겨 달빛을 걷는 사람은 달빛만으로도 만족하고 그 빛은 그의 내면의 빛과 잘 어울린다"고 말한다. 시인은 이 '가치 있는 것을 의미'하는 달빛을 통해 고향에 대한 "그리움"을 은은하게 풀어내고 있다. 그렇다면 "철학은 고향으로 돌아가는 것"이라던 마르틴 하이데거의 말을 변용하여 "시는 고향으로 돌아가는 것"이 아니겠는가.

내가 태어난 마을은 역이 있는 읍내 마을이었다
역 대합실에는 작은 매점이 있었는데 그 매점은
기차가 들어올 때만 문이 열리고 전등이 켜지고
기차에서 내린 사람들은 그 매점에서 저마다
종합선물세트라든지 과일이라든지 술을 사서
신작로로 나와 윗길로 아랫길로 흩어지곤 했다
기차가 지나가고 나면 다시 불이 꺼지고 문이 잠기곤 했다
우리 집 마루에서 놀다가도

기차 소리가 나면 달려가던

—「봉화역」 전문

"내가 태어난 마을은 역이 있는 읍내 마을이었다"로 시작하는 이 시에서는 시인이 태어난 마을의 역을 배경으로 하고 있다. 그 역은 "봉화역". 영동선이다. "기차가 들어올 때만 문이 열리고 전등이 켜지"는 역 대합실의 매점에 대한 묘사와 "저마다/ 종합선물세트라든지 과일이라든지 술을 사서/ 신작로로 나와 윗길로 아랫길로 흩어지곤" 했던 봉화 사람들의 따뜻한 마음을 추억함으로써 "봉화역"은 오늘에 다시 생기를 되찾는다. 특히 시인에게 있어 "봉화역"은 "우리 집 마루에서 놀다가도/ 기차 소리가 나면 달려가던" 유년의 추억이 어린 공간으로 존재한다.

이러한 추억의 역이 있는 고향에서 김연화 시인은 "밥을 참기름에 비벼 주먹밥을/ 만들어 내 손에 곧잘 쥐여 주시곤 하셨"던 (「주먹밥」) 어머니와 "젖니 빠진 볼우물 깊던 아이/ 맨 종아리 도랑물에 온종일 담그고/ 풀꽃들과 해 지도록 함께 놀았"던(「고마리꽃」)일, "네 살" 때 "내성천에서 자갈 모으"시던(「내성천에서」) 할머니, "어릴 때 나는 울보였다/ …(중략)…/ 흰 백합꽃과 작약 그리고 감나무가 많던 아재네 집// 사월이면 아재는 하얀 백합꽃을 한 아름 꺾어 내게 안겨 주었"던(「아재의 연」) 아재를 떠올린다. 이 모든 기억들은 어려서부터 자연 속에서 자연과 함께 숨 쉬며 자랐음을 보여 주는 것으로 오늘의 서정시인이 된 내공으로 읽힌다. 그렇다. 서정시란

삶의 원초적 경험을 오늘에 호출하여 시인의 영혼을 따뜻하게 감싸 주는 일이지 않던가.

비 내리는 저녁 강가에 달맞이꽃 이파리마다 빗물 흐릅니다
불어난 강물 속으로 부러진 나뭇가지들이 떠내려옵니다
백로 한 마리 날개를 접고 그걸 타고 내려옵니다
아득한 상류로부터 초록 나뭇잎과 잔가지들이 달린 나뭇
가지를 타고
내려오던 백로는 날개를 펴고 다시 상류 쪽으로 날아올랐
습니다
백로는 마침 뱃놀이를 즐기고 있었던 겁니다

새도 풍류를 안다고 새가 내게 말했습니다
폭우가 쏟아져 강에 파도가 치니 새들도 파도를 타고
내 일곱 번째 늑골에도 바다가 밀려와 파도가 쳤습니다
나도 세속의 옷을 벗고 새가 되어 그 강가에서 오랫동안
노 저었습니다
파도가 높을 때마다 배는 기우뚱, 달빛에 젖고
강 언덕의 달맞이꽃잎에 내 몸도 흠뻑 젖었습니다
—「비 내리는 저녁 강가에서」 전문

청나라 왕부지王夫之의 『석당영일서론夕堂永日緒論』에 의하
면 "정情과 경景은 둘이나 실제로는 나눌 수 없다. 시에 뛰
어난 자는 이 둘을 절묘하게 결합하여 가장자리가 없다. 빼

어난 시는 정 가운데 경이 있고, 경 가운데 정이 있다"고 했다. 시에서 정경론情景論의 대표적인 견해다. 시인은 비 내리는 저녁 강가에서 "불어난 강물 속으로 부러진 나뭇가지들이 떠내려"오고 "백로 한 마리 날개를 접고 그걸 타고 내려"오는 것을 발견한다. 그리고 이어서 "아득한 상류로부터 초록 나뭇잎과 잔가지들이 달린 나뭇가지를 타고/ 내려오던" 백로가 "날개를 펴고 다시 상류 쪽으로 날아"오르는 광경을 관찰하고 있다.

그리고 마침내 "나도 세속의 옷을 벗고 새가 되어 그 강가에서 오랫동안 노"를 젓는다. 이는 곧 경景을 보고 정情을 일으킨 '정수경생情邃景生 촉경생정觸景生情'의 방식을 쓴 현대적 정경시이다. 다시 말해 새와 하나 되는 화자의 모습, 물아일체物我一體 자연동화自然同化의 한 폭의 묵화에 다름 아닌 셈이다. "강 언덕의 달맞이 꽃잎에 내 몸도 흠뻑 젖"은 이미지 또한 존재하는 것으로서의 언어가 아니라 침묵의 환상에 다름 아니다. 바로 여기에 서정시가 자리하거늘 정情만으로도 다음 시는 참으로 얼마나 곡진한가.

울초가 피는 집에
엄마랑 아기가 살았네
엄마 품에 안겨 아기가 젖을 먹는데
아기한테서도 젖 냄새가 났네
아기는 새순 같은 손가락 하나
엄마의 입에도 넣어주었네

엄마도 배가 고플까 봐

엄마도 먹고 싶을까 봐

　　　　　　　　　　　—「울초가 피는 집」전문

　울초는 튤립의 순우리말이다. 울초의 꽃말은 애정, 사랑의 고백이다. "울초가 피는 집에" 사는 "엄마랑 아기"는 그 집에 피고 있는 울초와 잘 어우러져 독자로 하여금 따뜻한 정을 느끼게 한다. 동요로 읊어도 좋을 이 동심 어린 시는 얼마나 맑고 순수한가. "아기는 새순 같은 손가락 하나/ 엄마의 입에도 넣어주었네/ 엄마도 배가 고플까 봐/ 엄마도 먹고 싶을까 봐". 그렇다. 문여기인文如其人, 시가 곧 그 사람이라 했거니, 아기에게 초점이 맞춰진 한 폭의 영상 같은 이 시의 서정적 아름다움은 "까치와 한 상에서 밥 먹"(「겨울 들녘」)는 것이나 "정구지 찌짐 부쳐 볼이 터지도록 밀어 넣으면 천지는 푸른 풀밭 나는 그 푸른 풀밭의 귀가 빨간 하얀 토끼"(「정구지 찌짐」)가 되는 환상적 동심이 시인의 심성 그대로인 듯하다. 그러기에 김연화 시인의 서정성은 특히 어른이 되어 그리움의 심상을 많이 간직할 수밖에 없는지도 모른다. 그것은 곧 사색자로서 사유의 내면을 언어로 드러내는 방법의 하나가 아닐까. 다음 작품을 먼저 보자.

　비 온 후 불어난 강물이 모래톱을 범람해

　샛강을 만들다가 어느 지점에서 다시 합류해서

　만나면 그 둥근 물길에 갇힌 묻은 섬이 되어버리지요

강을 맨몸으로 건너

오랫동안 그 섬이었던 곳에 가보았지요

새들의 깃털이 떨어져 있고 새들의 똥이 널브러져 있었고

순간 자신이 새들의 터전을 침입해서 새들의 밀실을

훔쳐보고 있는 듯한 낭패감에

급하게 그 섬을 빠져나오다 깊어진 강물에 갇혀

어지럼증을 견디어야 했던 날은

꿈 속에서도 강물 속에서 허우적거리게 되었지요

강에 갑니다

따뜻한 햇살이 데워 놓은

강가의 은모래 길을 맨발로 걷다가

자연산 재첩 껍데기를 주워 하트를 만듭니다

그 하트 속에 적어 넣은 네 이름 두 자

—「그 하트 속에 적어 넣은 네 이름 두 자」 전문

   이 시에서 그리움의 대상은 '너'다. 강에 가서 "따뜻한 햇살이 데워 놓은/ 강가의 은모래 길을 맨발로 걷다가/ 자연산 재첩 껍데기를 주워" 만든 "하트"는 곧 간절한 그리움의 표상에 다름 아니다. 어찌 보면 "기억할 수 없는 시간의 무게"(「내 마음의 고가古家」)를 감당할 수 없는 심리적 거리를 시인은 "하트"로 표현하고 있는지도 모를 일이다. 따라서 이러한 심리적 거리를 좁히기 위해 "강을 맨몸으로 건너/ 오랫동안 그 섬이었던 곳에" 가보았고, "급하게 그 섬을 빠져나오다 깊어진

강물에 갇혀/ 어지럼증을" 겪어야 하기도 했을 만큼 기억의 시간은 온통 '너'에게로 집중되어 있다.

그러면 이 시에서 "하트 속에 적어 넣은 네 이름 두 자"의 '너'는 누구인가? 아마도 어느 환한 여름날 오후 그리는 마음 바닥까지 번지는 "그대"(『편지』)이며, 또한 어느 한순간 신비스러워지는 눈이 큰 "당신"(『얼굴』)이지 않을까. 또는 "당신과 내가 아득 먼 곳에 살아/ 첫눈이 함박눈으로 쏟아진다고/ 편지를 드려도/ 당신께선 아무 말씀 없으셨"(『우리가 늙은 어느 날에는』)던 바로 그 당신일 터이며, "좋아하고 미워하는 사람에게/ 밉다는 말만 하고 돌아서는데/ 마저 못한 사랑한단 말/ 가시 되어 목에 걸"(『아까시나무가 되었습니다』)리게 한 그 사람일 수도 있으리라. 그렇지. "때론 살다가/ 풀뿌리 바람에/ 흔들리는 소리로/ 울고 싶을 때/ 내게로"(『달빛 한 장』) 오시기를 간절히 바라는 사람일 수도 있겠다. 그렇다. 김연화 시인에게서 새로이 읽는 기억과 시간의 이미지들은 이렇게 시인 못지않게 읽는 이도 간절해질 수 있음을 본다. 아울러 존 홀 휠록은 "아무리 사소한 것이라 해도, 모든 행위나 사건은 우주 전체에 영향을 미친다"고 했거니와 김연화 시인의 시 또한 주관적 우주에서 살고 있는 인간 정신의 깊이를 느끼는 서정성이 돋보인다.

꽃들 잔칫상 물린 자리
오월 끝자락 잎들의 세상은
사람만 두고 모두 초록이다

잎사귀의 꿈이 나비가 되었을까

초록 날개 저어 봄을 건너온 유월

금오산 기슭에서 본다

표본실에서도 본 적 없는 초록 나비

눈부시지 않아서 더욱 아름다운

봄꽃 떠난 세상을 온통

휘젓는 초록의 날갯짓이

평온하다

─「초록나비」 전문

　우선 이 시의 공간적 배경은 금오산이다. "돌 흙더미 절벽 위에 소롯이 피어/ 해맑게 웃고 있는 민둥제비꽃"(「설명하면 진부해지고 말 듯한 민둥제비꽃」)을 만난 장소도 금오산이다. 시간적 배경으로는 오월 끝자락. "꽃들 잔칫상 물린 자리/ 오월 끝자락 잎들의 세상은/ 사람만 두고 모두 초록"이니, 이 초록 잎사귀가 우화羽化하여 나비가 된 상상력을 보인다. 이 나비는 학창 시절 "표본실에서도 본 적 없는 초록 나비"이다. 시인의 상상력은 우주적 감수성을 보여 주는 한 폭의 그림이다. 이러한 상상력은 같은 금오산에서 끝이 없는 벚꽃 길을 걷다가 비탈진 하늘을 휘어 도는 금오산 입구에서 "발랄한 호수가 내게로 밀려올 때/ 상현달이 호수 면에 수많은 깃털을 달고/ 우화羽化의 날갯짓을 하고 있"(「금오산 벚꽃 길」)는 광경과 닮았다.

　비록 벚꽃 길에서의 꽃잎과 벚꽃 진 뒤에 솟아난 잎사귀의

차이만 있을 뿐이지만 여기에서 우리가 주목할 점은 이 시에서 "하늘과 땅, 아득한 거리/ 온통 은비늘로 사닥다리를 놓아/ 날렵한 물고기 한 마리/ 가장자리로 힘차게 솟구치고 있"는 모습과 「초록 나비」에서 "눈부시지 않아서 더욱 아름다운/ 봄꽃 떠난 세상을 온통/ 휘젓는 초록의 날갯짓"이 생동하면서 우주는 늘 살아 숨 쉬고 있다는 철학적 사유까지 갖게 한다. 그만큼 김연화 시인의 시적 사유가 인간 정신의 깊이를 느끼게 하는 서정성을 품고 있음을 의미한다. 이처럼 우리는 김연화 시인의 시를 읽으며 후안 라몬 히메네스가 쓴 "시간과 기억들은/ 지름길로 오지 않고/ 빛과 바람 타고 온다"는 시를 함께 음미할 수 있어 참으로 행복했노라고 말할 수 있으리라.

천년의시인선

0001 이재무 섣달 그믐	0038 한길수 붉은 흉터가 있던 낙타의 생애처럼
0002 김영현 겨울 바다	0039 강현덕 안개는 그 상점 안에서 흘러나왔다
0003 배한봉 黑鳥	0040 손한옥 직설적, 아주 직설적인
0004 김완하 길은 마을에 닿는다	0041 박소영 나날의 그물을 꿰매다
0005 이재무 벌초	0042 차수경 물의 뿌리
0006 노창선 섬	0043 정국희 신발 뒷굽을 자르다
0007 박주택 꿈의 이동 건축	0044 임성한 이슬방울 사랑
0008 문인수 홰치는 산	0045 하명환 신新 브레인스토밍
0009 김완하 어둠만이 빛을 지킨다	0046 정태일 딴못
0010 상희구 손가락	0047 강현국 달은 새벽 두 시의 감나무를 데리고
0011 최승헌 이 거리는 자주 정전이 된다	0048 석벽송 발원
0012 김영산 冬至	0049 김환식 천년의 감옥
0013 이우걸 나를 운반해온 시간의 발자국이여	0050 김미옥 북쪽 강에서의 이별
0014 임성한 점 하나	0051 박상돈 꼴찌가 되자
0015 박재연 쾌락의 뒷면	0052 김미희 눈물을 수선하다
0016 김옥진 무덤새	0053 석연경 독수리의 날들
0017 김신용 부빈다는 것	0054 윤순영 겨울 낮잠
0018 최장락 와이키키 브라더스	0055 박천순 달의 해변을 펼치다
0019 허의행 0그램의 시	0056 배수룡 새벽길 따라
0020 정수자 허공 우물	0057 박애경 다시 곁에서
0021 김남호 링 위의 돼지	0058 김점복 걱정의 배후
0022 이해웅 반성 없는 시	0059 김란희 아름다운 명화
0023 윤정구 쥐똥나무가 좋아졌다	0060 백혜옥 노을의 시간
0024 고 철 고의적 구경	0061 강현주 붉은 아가미
0025 장시우 섬강에서	0062 김수목 슬픔계량사전
0026 윤장규 언덕	0063 이돈배 카오스의 나침반
0027 설태수 소리의 탑	0064 송태한 퍼즐 맞추기
0028 이시하 나쁜 시집	0065 김현주 저녁쌀 씻어 안칠 때
0029 이상복 허무의 집	0066 금별뫼 바람의 자물쇠
0030 김민휴 구리종이 있는 학교	0067 한명희 마른나무는 저기압에 가깝다
0031 최재영 루파나레라	0068 정관웅 바다색이 넘실거리는 길을 따라가면
0032 이종문 정말 꿈틀, 하지 뭐니	0069 황선미 사람에게 배우다
0033 구희문 얼굴	0070 서성림 노을빛이 물든 강물
0034 박노정 눈물 공양	0071 유문식 쓸쓸한 설렘
0035 서상만 그림자를 태우다	0072 오광석 이계견문록
0036 이석구 커다란 잎	0073 김용권 무척
0037 목영해 작고 하찮은 것에 대하여	0074 구회남 네바강의 노래

0075 **박이현** 비밀 하나가 생겨났는데

0076 **서수자** 아주 낮은 소리

0077 **이영선** 도시의 풍로초

0078 **송달호** 기도하듯 속삭이듯

0079 **남정화** 미안하다, 마음아

0080 **김젬마** 길섶에 잠들고 싶다

0081 **정와연** 네팔상회

0082 **김서희** 뜬금없이

0083 **장병천** 불빛을 쏘다

0084 **강애나** 밤 별 마중

0085 **김시림** 물갈퀴가 돋아난

0086 **정찬교** 과달키비르강江 강물처럼

0087 **안성길** 민달팽이의 노래

0088 **김슾**   간이 웃는다

0089 **최동희** 풀밭의 철학

0090 **서미숙** 적도의 노래

0091 **김진엽** 꽃보다 먼저 꽃 속에

0092 **김정경** 골목의 날씨

0093 **김연화** 초록 나비